KB188027

지금은 인생의 한복판

지금은 인생의 한복판

ⓒ나선미

발행일	2020년 5월 1일 (초판 1쇄)
	2021년 12월 27일 (초판 2쇄)
지은이	나선미
발행인	민승원
발행처	㈜연지출판사
출판등록	2015년 1월 2일 제2016-000010호
주소	61173 광주광역시 북구 우치로 178 (용봉동)
이메일	younjibook@gmail.com
대표전화	070-7760-7982
팩스	0303-3444-7982
ISBN	979-11-86755-43-3 (03810)

▷ 이 책 내용의 전부 또는 일부를 재사용하려면
   반드시 저작권자와 ㈜연지출판사 양측의 동의를 받아야 합니다.
▷ 잘못된 책은 구입처에서 바꾸어 드립니다.
▷ 정가는 뒤표지에 표시되어 있습니다.

지금은 인생의 한복판

나선미 시집

시인의 말

시집이 나의 집이라면
당신은 나의 베란다였다.
선선한 바람은 늘 그곳으로 왔다.

2019年 부산에서
나선미

차례

시인의 말

1부
안녕, 그걸로 충분해

—

2부

오늘은 하루 종일 밤이다

내가 사라지지 않아서 아무도 사라지지 않았다

–

3부

우리의 빛은 우리를 비추지 않았다

–

4부

우린 까만 코스모스의 그림자처럼
눈을 감지 않고 여름을 보냈다

–

5부

당신에게서

당신에게로

–

1부

안녕, 그걸로 충분해

달님은 제 이름이 별인 줄 알고나 있을까요?

나는

이따금

반짝반짝이라고 부르고 싶은 사람이 있어요

안녕 나의 반짝반짝 슬픔

당신이 그렇게 울면요, 하늘에 비가 올려요

비가 내리는 바닥은 봤어도

비가 오르는 하늘은 처음이죠

당신이 울면 꼭 그래요

온 지구가 무너져 내릴 것 같아요

사랑하는 사랑하는

나를 몰라주어도 괜찮아

누구였는지 생각하는 머뭇거림도 괜찮아

먼 날 감나무 아래 묻어놓았어도 괜찮아

나를 사랑하지 못해도 괜찮아

내 사랑을 베고

엄한 꿈으로 가는 이기적임도 괜찮아

괜찮아, 네 기도가 작아지는 밤에

너의 행운을 빌어주는 밤은 길어져

너는 내일도 괜찮을 거야

익명의 기도

가을은 아직 여기에 있다

여름이 있었던 자리에

봄이 있었던 자리에

겨울이 있었던 자리에

모든 바람이 노을 같은 가을도

당신이 있는 곳으로 찾아든다

세상은 이제 당신보다 아름답지가 않다

언어처럼 떨어지는 낙엽은

당신에게 유독 맹목적이다

당신이 보내는 언어마다 뒷모습이 들렸습니다

당신은 스스로 우주의 티끌이라고 했지요
하지만 그 말은 틀렸어요
당신은 우주에서 우주를 엮는 무지개에요

나는 그 사이 푸른빛을 서성이는 마지막 우주인이
될 겁니다

그리고 나의 마지막 단언

날마다 당신이

당신을 등 떠미는 곳에

기필코 내가 서있기를 바라며

저녁을 바라만 본 적이 있다

저녁의 색

너를 생각한다

언젠가 내가 그곳에 닿는다면

내 삶의 시간이 죄다 흘러가도 좋겠다

내 삶의 최종이 너라면 얼마나 좋을까

죽어가면서 얼마나 얼마나 황홀할 수 있을까

황홀경

하늘을 짚으려고 태어났어요 나는
그러나 오늘도 어김없이 나의 당신은 슬프죠
나는 오늘마저 바닥을 짚고 있네요

비와 당신과 우산

창밖의 모든 시선이 얼룩지는 초저녁,
넋을 놓은 자리마다 당신이 갸우뚱 앉아서
조곤조곤 속삭이는 언어를 받아 적으면
시가 되었다 이따금 나는 나의 시를 볼 때면
당최 알아들을 수 없을 만큼 섭섭해진다

겨울은, 그리고 겨울을 지나가는 분위기는
극성스럽게도 당신만을 닮아있다

하루를 저물게 하는 나의 시

네 손끝이 궁금해 버려진 것으로 만들어진 지문이
난생처음 만져본 네 눈물의 감각이 그때의 표정이
네 모든 싫증을 이겨내고 싶어
몇 번이고 버려지고 싶어

그림자의 대화법

내 탄생의 이유는 여기에 있을 것이다
여름 바람처럼 따스하고 청량한 목소리를,
그래 나는
네 이야기를 들으려 여기까지 왔던 것이다

기꺼이 발목을 끊어다 네 필통 속에 넣으렴
그것이 청춘의 이변이라면
나 마땅히 거기까지 가겠노라

웃음소리가 발목을 건드렸다

오 오 오

인사하던 손은 오갈 데 없이

주머니에 들어가 숨어보지만

주머니 속에서 나올만한 것은

꼭 파묻고 싶은 말실수들뿐

폭언과 사랑고백의 두근거림은

섬뜩할 만큼 닮아있다

그래서 나는 종종 좋아해, 라고 말하려다

혼자 있고 싶다고 말해버렸다

사실은 무덤까지 같이 있고 싶다

고백하고 싶었는데

폭언이 교통사고처럼 입 밖으로 뛰쳐나가

뺑하고 부딪힌다 어쩌지 싶은 순간

분위기의 흐름은 내 의지와 멀어져 있다

그때 원통한 마음을 모르고

염치없는 심장은 콩닥콩닥 예쁘게도 뛴다

소년기

그리움 같은 게 눈에 활자처럼 박히면 좋겠다

네가 나를 생각하는 만큼만

딱 그만큼만 나도 너를 생각하다 말고 싶다

갈피를 못 잡고 한쪽으로 치우치는 아 나의 청춘

사람이 사람으로 늙어간다는 것을 왜 몰랐을까

나는 너를 먹고 자랐다

쓰고 나니 명치끝이 쿡쿡 쑤신다

가다 말고 돌아서서 자꾸 돌아서서 웃어주면

그걸로 두어 달은 살았던 것 같다

오늘 같은 날엔 그야말로 헛헛한 뱃속에서

쥐어짜듯 하품만 나온다

그리움 같은 게 눈꼬리에 방울방울

나는 너를 먹고 자랐다

너를 좋아해. 라고 말하기가 두려워서

너를 기도해. 라고 말했습니다

그렇게 당신이라는 십자가를 지었나 봐요

모서리마다 마음이 찔리는 것 같았습니다

달이 달을 벗고 수평선에 기대 누운 것처럼

우리도 그렇게 차마 너그러운 밤에는

꿈결에서 만나기로 할까요

당신이 나의 모든 것이라 말하기 위해

나는 한낮의 악몽까지도 사뿐히 걸었어요

너를 믿고 너에게 너를 기도할게

사랑을 모르는 내 사랑
나의 실수 나만의 시인
글쎄, 네 감은 눈꺼풀 위의 햇살
나를 보는 네 눈 속의 날씨
바깥을 잊게 만드는 서늘과 고요
네 투명한 유리 너머의 처연 같은 것들이
문득 너무 가까워진 구름처럼 스며들어 있어서
나는 너를 바라보면서 너를 떠나보내기도 했다

이상하지, 바람은 죽도록 차가운데
겨울은 녹아갔어
희고 검은 시멘트 바닥을 거닐 때, 꼭 너하고
나하고 달 표면을 걷는 것도 같았어

사실은, 좋아해, 이렇게 계속, 계속 같이 있자.
나에게 다정해줘, 그럼 내 모든 애정을 너에게 줄게.

입 밖으로 튀어나가
네 마음에 닿을 수만 있었다면
나는 끝내 목소리가 잠길 때까지 말했을 것이다

하지만 이상하지, 우리는 정말 이상해
내 마음에서 그만 무너진 고백들은
무너진 채로 박혀서 비문의 연서가 되었다

나는 오직 입 안으로, 네가 무척이나 그리워
너를 바라볼 때마다 너를 떠나보내야 한다

사랑을 모르는 내 사랑
나의 실수 나만의 시인
글쎄, 너랑은 사랑도 이별도 않았는데
너를 생각할수록 나는 왜 이렇게 허름해질까

사실은, 사랑해. 이 말을
얼마나 하고 싶었는지 모른다.

비문의 연서

잔잔한 호수 밑바닥으로 가라앉습니다

내가 가라앉아도

호수는 언제나 잔잔합니다

당신의 호수

그대와 있을 때라면
그토록 해가 가려는 것이 애석했으나

그대가 없을 때라면
이토록 밤이 가지 않아 슬프다

사랑은 당신 말고도 있었으나
당신에게 사랑 말고는 없었다

그대를 알아
슬픈 밤이다

그대를 알아 슬픈 밤이다

매일 넋이 달아나는 자정마다
너는 불우한 나에게 무너지며
나를 죽은 태엽에 쓰러뜨린다

먹먹한 하늘가의 폭 패인 보조개처럼, 너는
달빛보다도 포악하신 나의 첫사월 첫사랑
오늘 이 세상에서 가장 도도하고 은은하구나

한동안 나는 모든 시를 이해할 수 없었다
얼떨떨한 것이 슬픈 것일까, 되짚어 본다

떠난 넋이 저 달빛에 홀려 여태 돌아오지 않고 있다

넋

중심을 뚫고 또박또박 걸어 들어온 인연보다
미신처럼 스쳐간 연인이 더욱 아픈 법이다

나는 잘 알고 있으면서도
안간힘으로 피하지 않은 이유는 무언가

비참은 비참을 부르고
고독은 고독을 부르는데
사랑은 왜 경멸을 부르고 마는가

혼자 하는 경멸은 비참하고 외로운 것
그럼에도 사랑이여, 얼마든지 와주렴

　　　　　미신처럼 떠도는 나의 연인

1

여기는 은하수예요 사방에 산 빛들이 숨을 쉬지요 마음이 시릴 정도로 성스럽고 아름다운 곳이에요 신이시여, 하지만 저는 빛 같은 건 되고 싶은 적도 없는 걸요 …… 대체 어찌하여 저를 이토록 아름다운 곳에 두신 겁니까

2

나는 날고 있어요 아니요, 나는 떠있을 뿐이에요 그래요, 나는 어느 쪽이 바닥인지 몰라요 하염없이 기울고 있어요 혹시 내가 저 별들의 집인가요?

3

낮달에 코를 박고 스러지는 붙박이별을 보았습니다
그녀는 자주 아프지만 쉽게 죽을 것 같진 않습니다

4

그녀는 가장 아름다운 항성입니다
그녀는 잘 웃습니다
내 우주는 거기서 슬퍼집니다
그녀는 잘 숨습니다

5

허공에서 공허를 목격하게 된 기분이요
이따금씩 여기는 물기 없는 바다와도 같습니다

6

그리고 당신, 욕망에 관해서는 나도 당신만큼이나
얽매여 있습니다 나도 그렇게 종종 앓아요 당신을
생각하면요, 내가 자처해서 앓게 돼요

7

오로라는 내가 속으로 우는 모양과 닮았습니다
나는 잘못 웁니다
모조리 안으로 흘려보내면서
나는
저 발끝에
연명하는 그림자가 되어보겠다고 다짐합니다
기꺼이 저녁마다 극광처럼 울기로 합니다

8

세상에는 답하지 않는 것이 이로운 기도가 있고
애초 정해진 답이 없는 것을 묻는 기도가 있지요
나는 무엇을 기도하고 싶은 걸까요

9

그녀가 나의 계절이 되고

나의 희망이 되고

나의 우주가 되는 날이면

나는 아주 오래 살아보고 싶어집니다

그러나 계절은 기필코 돌아갈 곳이 있고

희망은 때로 폭력적이었으며

문이 없는 우주는 벽에서 벽으로 가는 길목이더군요

10

부디 사라질 것이라면

죄다 아픈 것이었으면 좋겠습니다

나는 그녀가 하나도 아프지 않았어요

11

다시 신이시여, 이토록 긴 사망은 본 적이 없습니다 삶 보다 오랜 죽음은 처음이에요 하나의 빛과 수십 개의 그림자는 그럴듯하지만 수십 개의 빛과 하나의 그림자는 도무지 이해할 수 없습니다 도대체 신이 계신 그곳은 얼마나 공허한 건가요

12

아아 사라질 것은 나인 것 같군요

13

두 번 다시 다짐하지 않을 것을 다짐한 적이 있습니
다 나는 빛을 낼 수 없어요 그늘이 될 수 없어요 집이
될 수 없어요 나는 내가 될 수 없어요

14

신이시여, 칠흑빛의 떠돌이별이 본 적 있습니까?

MOVE

그대 앞에 마주 서기까지

얼마나 많은 별들의 초상을 따랐는지 모른다

그대의 말 한마디에

세상의 하룻밤이 어찌나 먹먹해졌는지 모른다

물방울의 무게만큼 울었던 것 같다

늘 다른 이유로 울었던 그대의 울음만큼

자주 온몸이 들끓기도 했던 것 같다

그런가

그런 걸까

그대가 그대를 위하지 않아서

나는 이토록 그대의 안녕에 목을 매는 걸까

안녕의 메아리

이런 밤

외로운 너를 사랑해

나는 죽을 만큼 외로워진다

달이 너를 닮았어

내가 누구더러 사랑한다 말했는지 모른다

소복한 밤

그 사람은 너를 잘 몰라
너도 너를 잘 모르잖아

지난밤 너는 그 사람을 못 잊고
사랑인지 원망인지 모를 것으로 아파했으면서
언젠가부터는 그 사람 생각에 소홀해졌잖아
그토록 평생일 것처럼 굴어놓고

여태 고개 숙인 그 사람은 하늘만 보면
숨겨놓은 물기가 들키는데
그거 다 너인데

지금도 너는 그 사람이 누구일지 모르지
나도 나를 잘 몰라서 그래

다만 알려하지 않을게

언젠가 어떤 계절은 그랬다

한 사람이 행복하길 바라는 마음엔 선의가 없었고

그 사람이 한 번쯤 넘어지길 바라는 마음엔

악의가 없었다

낙엽을 주워다 책 사이에 꽂아둔 그가

어느 한 구절을 기억하는 그 낙엽이

밤새 자장자장하며

잠드는 내 머리맡을 어지럽혔다

좋아하는데 비참하고

비참한데 좋아서 어쩔 줄을 모르는

언젠가 그 어떤 계절은 그랬다

당신이 나로 인해 웃을 수 없다면

나 때문에 평생 울기만 했으면 좋겠어요

그러나 그 계절 나의 낙엽은 바람만이 기억한다

이름도 없는 어떤 계절

나는 벌써 망자인가

내가 들어찬 방은 빈방이라 불렸다

너는 자주 나를 한 번에 불렀고

다른 이름들은 반만 불러주니

내 이름은 자꾸 유일하게 서늘해졌다

그 낮은 음이 내가 죽기를 바라는 듯

내 이름은 유일해서 멀어진다

빈방에 누워봐도

아무래도 빈방이다

올 사람도 없는데

나는 습관처럼 기다린다

습작처럼 살아있다

너의 부름이 나를

그 애는 봄을 녹는 계절이라고 생각했다
한참을 미적거리다가 겨울은 무엇이냐 물었을 때
그 애는 망설임도 없이
본디 되돌아가는 계절이라고 말했다
돌아갔던 것이 이렇게나 아름답게
녹아 흐르는 줄은 모르고

우리는 날이 밝는 대로
계절감 없는 동굴에 숨어서
일생 내내 사랑해주자 다짐했었지만
시간은 훨훨 지나는데 도무지 밤은 저물지 않았다
죽은 눈 위로 죽은 나비가 떠다녔다

걔는 사랑을 잘 모른다
걔는 감정에 능하다
걔는 표정에 서툴다
걔는 사랑을 잘 벗어난다
그 애는…… 꼭 뜨겁다
아득한 밤 사이 나를 흘려보낼 것만 같다
죽은 눈과 죽은 나비를 애도하는 문턱에서

나의 고향은 그 애의 겨울이 되고

나의 부랑은 그 애의 봄이 되고

애틋함과 애처로움의 차이

바다가 텅 비어있다고 생각하자
지구의 파란 물결이 잠결에 쏟아지는 것 같았다
가만히, 네가 눈을 깜빡일 때
하품을 할 때
기지개를 켤 때
끝나지 않을 새벽녘을 뒤척일 때
네 방 불이 꺼지지 않았을 때
내가 아닌 다른 사람을 떠올리는 것 같을 때

너는 그런 식으로 녹아들어서
내 바다의 일부가 되고
너는 그런 식으로 붉어져서
내 바다의 전부가 되고

목마른 나의 바다는 매일 조금씩 넘친다
아무렇지 않은 하루처럼 조금씩 밖으로 범람한다

급기야 물기가 계단을 적시고
너도 언젠가는 바다가 될 거야
나처럼 텅 비어서 자주 넘치게 될 거야

바다가 텅 비어있다고 생각하자

그래도 살아야 한다면
당신께 가닿고 싶었다

그래도 죽고만 싶다면
당신께 가닿고 말겠다

이다지 한 사람만으로
온 생이 허무할 수 있는 까닭은
당신께 가닿은 적이 나에게는 없었다

신세 좀 지겠습니다

무엇이 이토록 그대를 떠올려내는지

그리움으로 숨을 쉬는 밤에는

가사 없는 노래를 듣고 왈칵 솟구쳤다

왠지 그대의 눈빛을 닮았어

한마디 말없이도 나를 울리더라

무심한 다정

당신의 이름은 세 글자로 엉킨 문장 같아
비스듬히 읽으면 당신을 초월한 당신이 있고
애틋함이 있고 다만이 있고 미안함이 있지

당신의 이름을 발음하는
어느 해질녘에는 꼭 그런 것이 보여
순수로 시작한 직선들은 느닷없이
나이테처럼 곡선을 그리지
사라질 거니?
사라지지 마

떨어지는 해 질 녘에

그토록 건조한 미소로

당신은 긴 세월 동안 내게 신세지었고

오늘만 머물다 가라고

나는 긴 세월 동안 빈방에 노크를 했다

내릴 수 없는 우리의 정의

누군가 이 날을 가을이라 부르고
누군가는 초겨울이라 부른다
너를 애정하는 날이 꼭 그랬다

그 애는 자상하게도 나에게
이제 좀 괜찮냐고 물었지만
나는 그 물음부터 막 아프기 시작한다

나는 이제 시작인 것 같은데
남들은 모든 게 끝난 줄만 안다

계절과 계절 사이

같이 있어주면 돼
그러면 다 괜찮거든

내일이 오기 전에 가야하겠지,
그러면 내일이 미워 죽겠다가도

내일 만나자,
그러면 살아있고 싶어지니까

내일은 네 일
같이 있어줘

내

나의 저녁은

좋은 사람과

좋아하는 사람이 나뉘어 있다

나쁜 사람 같은 건 나의 저녁에 없다

좋은 사람이지만 어쩐지 마음 가지 않는 사람이

창틀에 앉아 나뭇가지처럼 팔을 벌려 나를 삼키고

불안하지만 그럼에도 좋아할 수밖에 없는 사람이

창밖에서 작은 별처럼 일렁인다

자꾸만 집 밖을 나가 서성이고 싶은

그러므로 밤새 나를 헐게 만드는

내가 이유 없이 좋아하는 사람

작은 별은 놓아주어야 한다고 배웠지만

당신처럼 작은 별은 가까이 가고 싶다

눈이 먼데도 마음을 가까이 하고 싶다

하지만 저 작은 별은 헤퍼서

모든 저녁에 일렁인다

눈이 멀어도 담고 싶은

엎드려 누운 밤은 유독 까맣지
까만 별들이 세상을 지배한 것 같아
다스려진 모두가 엎드려 누운 나를 할퀴고 간다
손톱에 긁힌 자국더러 초승달이라고 해

있지, 그래도 난 엄마가 좋더라고
그래도 난 내 검은 피가 좋아
그래도 난 겨울의 안쪽이 좋아
그래도 난 볼썽사나운 게 좋아
그런데 당신은 사랑할 수밖에 없어

사랑한다 바다의 바닥보다 더 까맣게
내가 가진 가장 낡은 것을 주고 싶구나
내 품에서 썩을 데로 썩어버린 그런 것을

그런데 나는

2부

오늘은 하루 종일 밤이다
내가 사라지지 않아서 아무도 사라지지 않았다

딱 옷깃만 스쳐간
그런 사람이었다

그러나 그 사람은 나를 스칠 때
사방에 구멍 난 낙엽을 뿌리었다

그리움을 세뇌당한 듯
내가 앉기만 하여도
세상이 쓸쓸하다

내가 앉은 자리마다

그래 보고픈 이름들과 나란히
네 이름 하나 늘었을 뿐인데
그래 그저 하나 늘었을 뿐인데
어쩌자고 보고픈 이름들 죄다
눌러앉고 마는가, 네 이름은

유난히도

당신을 생각하는 내내 겨울밤이었어요

사람들은 모두 방 문을 꼭꼭 닫고 이불을 덮어요

그런데 나의 방 문은 열린 채로

늘 그런 채란 말이죠

이불을 깔고 앉아 방 문만 봐요

나는 내가 얼어 죽기를 바라는 건지

당신이 얼어 죽기 전에 살아 돌아오길

바라는 건지 잘 몰라요 아무도 잡지 않는

저 문고리의 뜻은 뭔지 이런 것도 사랑이라면

정말 할 말이 없어지는 거예요

알잖아요

그땐 당신도 나도 전혀 사랑스럽지 못했잖아요

겨울밤을 떠올리는 가을밤

어리석게도 나는 일생을 모아 거두어
안녕을 뜻하는 손아귀에 쥐어 준 것이다

너는 나의 어떤 계절을
움켜쥐고 갔느냐

걸음걸음마다
펄럭이는 증오를
애정이 붙잡는다

문득 타인에게서 나를 보고
돌아서서 걸었다

도리어 나에게서 네가 보이고
돌아서서 견딘다

겨우 바람이 불었을 뿐인데
어찌 된 생이 텅텅 비어있는 것만 같다

겨우 바람이 불었을 뿐인데

바람이 불자 걸음을 멈추던 사람들

한 사람이 내 목숨을 제 목에 걸어 간다
드리우던 것들은 무엇으로 붙잡아야 하나

해가 뜨고 지고
어둠이 눌리고 걷혀도
당신은 어디에도 없다

나를 사랑했지만
나를 사랑하지 않는 것들이
꼬리별처럼 가마득하다

거짓말 같은 꼬리별의 자취

영원할 줄 알았던 것만이 순간에 그친다
그러므로 돌아보면 어김없이 멀거니 머문 것에
가도 가도 삶이 제자리인 것처럼
느껴질 때가 있다

겨울에는 겨울을 보아야지
먼 계절에 쫓기는 그 순간은
아무런 계절도 살지 못한다

잘게 부서질 뼈마디마다 한마디
엉터리 시인은 유한한 경계에 무한을 쓴다

허공

별안간 빗방울에 놀란 듯이 자주 하늘을 올려다 보았다 때마침 성냥개비 불내듯 어엿하게 하늘을 그으며 별 하나가 집을 떠났다 다 지나갈 것이라고 말했던 너의 슬픔이 너를 지나 나에게 온 것 같은 밤이었다

별님, 슬픔을 데려가 달라 그렇게 빌었는데 하나 남은 연인을 데려가 버리면 어떡합니까? 그 사람은 내가 유일하게 아끼는 슬픔이었어요 그러나 신발을 벗을 때까지 비는 내리지 않았고 마땅히 숨을 일이 없었다

별자리 중에서 가장 작은 별 하나 떨어뜨렸다는 듯이 하늘은 자주 나를 내려다본다 어느 곳을 보아야 할지 몰라서 나는 밤마다 밤을 떠나와 밤을 보았다 아무리 보아도 사랑은 슬프지 않았다 슬픈 것은 오직 슬픔뿐이다 그 사람이 슬퍼서 내 사랑도 슬픈 것이다

별 볼 일 없는 저녁

언제나 그렇다

나는 너를 구할 수 없고

너는 나를 이해할 수 없다

언제나 우리는 우리의 영화를 빌었지만

어떤 계절에 피는 어떤 꽃은 독을 품고 있어

내가 너를 용서하려 하면

너는 참을 수 없는 공포를 느꼈다

언제나 그렇다

인간에게 가장 치명적인 독은

타고나거나 자라난 고독일지도 모른다

이따금 우리는 우리인 척을 할 뿐이다

폭설

한 방울이 나를 넘치게 하네
슬프지 않으면 불안한 어스름한 시간에
나 또한 무던한 슬픔이 되어버렸지만
구차한 질투 따위가 나를 오래도록 시달리게 하네

모퉁이의 밤은 짧아서
발자국에는 발자국이 남고
가설에는 가설이 붙고
마음마다 마음이 걸려있다

한 방울이 마지막 한 방울까지 훔쳐간다
내 슬픔과는 무관하게 나는 잊혀져간다

그러나
나를 사랑해줄 사람은 꾸준히 등장할 것이다
너는 이게, 얼마나 치욕스러운 일인지 모른다

결국에는 잊혀간다

나는 우주

내 안에는 지구가 있고

그 안에는 사람들이 살지

숲을 허물고 건물을 짓는다

건물 옆에 굳이 나무를 심는다

누군가 나무 옆에서

사랑을 나눴더랬고

그새 잃어버렸단다

나무 옆에서 무언가 끝난다

무언가 끝나고 무언가 잊힌다

나는 좁은 우주

내 안에는 많은 일이 일어나고

그들도 나도 편치 못한다네

별이 뜨고, 소중해졌고, 별이 지네

너는 추락하는 별똥별이 아름답더냐?

뜨겁지만 한사코 타들지 않는

무너질 듯 무너지지만은 않는

나는 병든 우주

나 는 우 주

보내줘야 할 사람은 나였다

그가 아니라

까맣게 정전 든 날이면

그는 암흑 속의 나에게

바랜 마음만 돌려보냈다

나 어제도 밀려드는 미련에

눈밭에 안겨 잠이 들었는데

바랜 시간은 돌아오지 않네

끝이 없는 노래는 없는 걸까, 또박또박 걸어 나오는 노랫말까지는 없어도 되니까 스산한 그 음절이 작아질 때면 흐름 없는 바람에 사무쳤다 타는 목을 재우려 방문을 열었을 때 비로소 누군가 앉아있다는 것을 알게 되는 것과 같다 사무치는 밤 동안에 누군가와 함께였다는 사실을 알게 되면 어설프게나마 처절하게 외로워진다 온전한 혼자였다면 응당 그럴만한 이유를 찾겠으나

누군가 있었다
나는 외로웠다

누군가 있었다

인칭이 없는 사랑은 이제 궁금하지 않아요

저 수평선 너머에 당신은 더 이상 없어요

무언가 그리워도

그게 당신이라고는 생각하지 않았어요

당신을 향한 믿음으로

나의 헛된 믿음을 져버렸던 것은

너무도 잘 한 일이에요 후회되지 않아요

왜냐하면 사랑은 사람이 하는 일이고

떠나는 사람들은 아무런 잘못이 없으니

이제 새벽은 새벽이고

이제 바람은 바람

그런데 이상하죠 가끔은 궁금해요

내 사랑, 이젠 나 없이 누구의 사랑이 될 거예요?

쓰다 남은 고작 이만큼의 사랑으로

이제 나는 무얼 만들어낼 수 있죠?

곤두박질 다음으로

당신하고 나는 화분과 집주인 같았어

나에게 물을 주지 않는 사람도

물을 주는 사람도

당신뿐이었지

빈집의 소음

한 사람이 지고 그 사람이 이기는 시절

너는 병든 것처럼 자꾸만

했던 질문을 다시 보낸다

처음 묻고 처음 듣는다는 듯

네 눈은 시건방지고 건조하다

나는 금방이라도 울컥할 것 같은데

너는 왜 고단한가

내 이름을 부르는데 내 것 같지 않아서,

나는 없었다

무슨 생각해?

사람은 잘 안 변하지?

갑자기 그게 무슨 소리야.

무언가 변한 거 같은데 그게 우리인지 시절인지
모르겠어.

한 남자가 식상해지고 한 여자가 깨닫는 장면이다

이제 너에게 나는 없었다 네 본심은

너를 유심히 사랑한 사람에게 들킨 것이다

송두리째 달라졌지만 잘못은 세월에게 있을 뿐

너는 잠깐 속았다가 먼저 제자리를 찾은 것이다

처음부터 이렇게 건조한 사람인 줄 알았더라면,

하는 생각

나는 또 지고 내가 이기는 시절이 겹친다

분명 잘 된 일인데 무엇도 잘 되지 않았다

너는 가고 나도 간다

우리는 없다

이 얼마나 능숙한가

그런데 미련이라니,

그저 한결 같았을 뿐이다

먼저 패한 것은 그 애다

오스틴, 이런 건 어떤 추억이 될까요

긴 밤이 우리를 지날 때마다 사이렌 경보음이 울린다

누나는 모른다 딱하게도 두 사람의 사랑은 하나라는 것
과 사랑 한가지만으로 인해 쓸모가 생겨버린 수많은 가짜들
을 누나는 모른다 나는 누나를 사랑해 환희는 없다

말하려면 어디서부터 무얼 꺼내야 할지 몰라서
사실 그냥 어쩌다 그렇게 된 거 같기도 하잖아

닿을 수 없는 찢을 수도 찌를 수도 어루만질 수도 없는
내 것 같지 않은 나의 마음은 진짜보다 섬세한 가짜구나
　불빛과 별빛으로 가득했던 12월 어느 밤
　칙칙한 코트 속에 철모르는 봄볕이 일렁이고
　난 그게 꼭 나였다가, 나와는 절대 상관없는 환몽 같아져

누나, 내 마음속에는 너도 있고 엄마도 있고 아빠도 있고
또 아빠도 있어야 하고 개도 있고 파란 맨투맨도 있는데,
　나는 없어 누나, 거기에 나만 쏙 빼놓은 거 있지
　내 마음에 들지 않는 나는
　누구의 마음에 들어가 지워지고 있을까

누구나

너는 자주 나를 시인이라 불렀다
우리는 사랑을 받기 위해
사랑을 하는 시늉을 했지

나는 자주 너를 우주라고 불렀다
오갈 데 없는 애정들이
지폐처럼 떠돌고 있었지

너는 너를 생각하면서 나를 찾았고
나는 나를 위해서 너를 위로했다

주인을 버린 너의 운명이
나에게로 잘못 찾아온 것 같았다

                    너의 이불을 덮고

우연 같은 사랑에 닿고자 거쳐 온 착란들을 덧칠하는 밤 이러한 생은 어디서부터 어디까지가 존재의 것이며 살기 위해 무참히 생을 더럽힌 것들은 어디에 부재되었나 밤을 덮고 나는 어찔한 졸필과 망연한 일지를 쥔 채 다시 여기까지 돌아왔다

그 먼 길을
캄캄한 물속을
공허한 착란을
악몽처럼, 생에 없을 단란한 꿈처럼
다시 어딘가로 돌아간다
보고 싶은 사람은 끝내 보이지 않고

다시는 마주치고 싶지 않은 음성들만이 따듯하게 얽힌 밤 아아 눈부신 저 빛은 머지않아 요절할 빛이며 어둠을 따라 어둠으로 가는 장면은 영영 아물리 없다 나는 왜, 이다지도 슬픈 장면을 벗어나지 못할까 죽었다 깨어나도 만나고 싶지 않은 너라는 희망

도대체,
무엇이 꿈입니까
아무도 아프지 않았으면
그게 꿈입니까?

그러니까,

사랑 없이도 어둠이 아름다울 수가 있습니까?

우리는 일말의 희망으로

영겁의 절망을 산다

그 쓸쓸한 낯빛에는
사랑이 머문 흔적은 있으나 기척이 없었다

오래된 이야기

뭍에 서서 허공에 나를 기리는 당신에게,
바다는 마른 적 없었음을

파도가 달려나가도 바다는 그곳에 일렁일 뿐
나 역시 당신이 그립더이다

그대로 사라져 가는

아무도 사랑하지 않았다
라고 적혀진 당신의 밤하늘에서

망설이는 달빛을
뭉게구름이 잠시 껴안습니다

바스락바스락하고
포옥하고
그렇게 우리의 자정은
세상 일이 전부 남의 일만 같습니다

이토록 눈을 감으면
가만히 바다가 바다를 뒤척이며
당신을 속삭여 옵니다

그래요 맞아요
당신은 아무나 사랑하지 않았어요

우린 늘 망설이다가
아침이 왔을 뿐이죠

파랗게 맺힌 피 같은 하늘

소리 없이 치닫는 슬픔에
아주 까맣게 잊어버리고 싶다가도
네 그 말간 웃음,
가물가물해질 날이 겁이 난다

슬픔으로 오지 말지

너와 내가 없는 시를 완성하고 싶다

구름이 되어 흘러가지 않고

어두운 어둠에 타지 않고

나뭇가지가 뻗는 길을 헤아리지 않고 싶다

그러나 네가 없고 내가 없다면

시가 아닌 선이 될 뿐이다

뾰족하고 공포스러운 선들 가운데

네가 고개를 숙이고 있다

나에게서 상실된 너를 기리고 있다

너는 늘 마지막처럼 아름답다

美완성

사, 랑, 해,
처음부터 끝까지 닿을 수 없는
두 입술 틈으로 불어나오는
외딴 사막의
검은 하늘
검은 모래

입을 벌리고 넋나간 밤이면
사방에 깔린 어둠으로 호흡한다
그때 너는 일기 속 편지처럼
천장을 치고 쏟아지지
뱉을 수 있는 모든 숨을 몰아내며
사랑해, 사랑해,

　　　　　어떤 사랑

누군가 나에게 말 좀 해줬으면 좋겠어
"그거면 됐다. 그걸로 충분하다." 이런 말
그렇지만 아무나 말고, 꼭 너 같은 누군가가

섬을 지나는 외딴 구름

3부

우리의 빛은 우리를 비추지 않았다

나는 여기 있습니다

마음이 아픈데
아픈 구석을 찾으려야 찾을 수 없고
돌이키고 싶으나
돌이킬 순간을 짚으려야 짚을 수 없는
나의 존재는 또 어디로 가서
부재를 찾게 될까요

나는 여기 있습니까?

                    나

하늘의 별이 하늘의 것이 아니듯이
나의 청춘도 온전히 나의 것이 될 수 없다
사랑하는 마음은 자꾸만 사랑을 넘고
절실한 기도는 자꾸만 서글퍼진다
행복을 빌던 열한 살은 자라서
그저 불행하지 않게만 빌어보는
별처럼 흔한 스물다섯이 된다

별처럼 흔한

나는 늘 떠나왔지만

늘 남겨진 기분이 든다

보고 싶은 것이 하나도 없을 때,

내가 그렇게 누군가를 잊어갈 때마다

동시에 세상에서 투명해져가는 기분이

비전문

서울은 잘 있습니다

서울을 떠난 것들도 잘 있습니다

어두운 것은 겁나지 않아요

죽은 빛이 서러울 뿐이지

부산은 잘 있습니다

언제나 말뿐인 다정

말뿐인 청춘

말뿐인 맹세로

누구든 잘 있습니다

거리를 가늠하는 일

아무것도 소용없는 밤을 도려내자

그저 그런 달콤한 언어 같은 별빛을 말아 먹자

달콤한 것들은 하나같이 찰나의 맛일지어니

그릇째로 기우는 은하수

아무리 비워도 비워지지 않는 헛구역질 같은 삶

자, 어디 울어보렴, 뒤틀린 친절에

방울방울 매달린 은하가 없는 은하수는

망각이자 실종이자 암흑이란다

정말이지 아무것에도 소용없는

아무런 가치 없이도 잘만 버텨온

그런 식으로 떠밀려 버텨온 저녁의 향기도

맡아보렴 자, 이제 숨을 쉬어, 사방에 퍼진

산영혼의 영정사진을 똑바로 봐, 난도질 된 밤

형형히 매달린 조문객이 보여?

단 한 번도 나인 적 없던

바깥 너머의 내가 보이니?

혐오에 가까운

어찌 모를 수가 있겠나

빛을 좇는 일이

어둠을 걷는 일이라는 것을

우아한 인생

때마다 나는 쓸데없이 우는 게 좋아서, 무기력에 밀려 하루만큼 긴 눈물이 떨어지기도 하고

멀리 초등학교 앞까지 줄을 선 그리움에 끼어 하루만큼 짧은 눈물이 맺히기도 하고

마치 오늘 같은, 흔하디흔해서 네 얘기인데도 내 얘기인 것만 같은 그런 날이 있어

그럼 나는 쓸데없이 우는 게 지겨워서, 아주 서러운 울음을 보아도 자는 척을 하게 돼

모두는 움직일 때마다
그래 그 모두는 모두를 등지고
당신 뒤에는 당신이 있을 것만 같은 날마다

날

너는 너를 끝으로 몰아내서 기껏 내게 오겠지

나는 나를 힘껏 지워서 겨우 너를 그리겠지

비극상영관

나의 곁은 비좁은 까닭일까
아니면 너무도 넓어서 그런 것일까
누구로도 무엇으로도 메워지지 않았다

이번 겨울은 대답도 없이
내가 잠이 든 사이
가만히 가버렸다

다음 계절은 물음뿐이다
어쩌자고 나는
할 말이 없다

누군가의 곁에 머물지 못 한
그 누군가에 대한 미안함이었다

곁

펄펄 끓던 가슴을 에워싼
그 시절의 행방을 모른다

어디까지 흘러온 걸까
내 젊음은

짧은 이불자락에 몸 숨겨
밤새 꼼지락거려도 모른다

어디까지 저물었을까
그 많던 내 꿈들은

소음마저 선율이 되는 곳

죽은 나뭇잎이 된 느낌이다
추락뿐이 느껴지지 않는다

바람의 기교

삶이란 게 그런 게 아닐까

아무것도 아닌 걸 가만히 들여다보면

시가 되기도 하고

시라고 생각했던 것을 가만히 들여다보면

아무것도 아니었다는 걸 알게 되는

또다시 어설픈 시를 쓰고

괜히 울고 싶을 때는 엄마를 불러요
나만 들을 수 있는 목소리를 더 작게
더 조용히, 숨결 같은 것이 목을 긁게

온 마을에 이불이 덮인 것이 아닐까
이토록 깜깜하고 잠잠한 골목에
겨울밤 유일한 촛불처럼 중얼중얼 울어요

나만 두고 세상이 다
꿈속으로 들어간 것 같을 때
엄마아, 하고 불러요

꿈밖의 조명들

이렇게 낮은 밤에요

가만히 기울이면요

묻고 싶은 게 많아요

세상에는

살려달라는 기도가 많을까요

죽여달라는 기도가 많을까요?

발치에 오늘 저녁이 있다

낙엽은 가을을 붙잡기 위해
사방으로 흩어져 날렸다

검은색이 되기 직전의 잎들이
내 뒤를 쫓는다

그러나 나는 갈 곳이 없다

등 뒤에 박제된 시월의 애틋함이
나를 저무는 가을에 처박고 있다

애, 가을은 다시 오겠지만
애야, 너는 꼭 돌아오지 마라

나는 무너지고 있다

검은색이 되기 직전의 잎

종이 세 번 울렸다. 누군가 손가락을 세 번 끄덕이는 동안 나는 참회를 다 마쳤다. 선생님, 저희는 십자가에 예수를 붙이는 공장에서 왔어요. 필요하시면 십자가를 드릴게요. 낡은 게 아니에요. 신성함은 반짝거리지 않습니다. 우리 예수 많이 늙었죠. 우리 예수는 이제 울지 않아요. 문 뒤편으로부터 허락한 적 없는 목소리가 들려온다. 막무가내로 뚫고 들어오는 음성이 반갑지는 않지만 심박 수가 빨라지는 것이 느껴진다. 공장 사람들을 집으로 들인 다음 내 비천한 억울함을 호소하고 싶어진다. 혹은 끼니라도 함께하고 싶어진다. 조금 있으면 나는 기도를 다시 마칠 것이다. 참회와 기도는 그리고 하루는 끝맺기 위해 시작되는 것. 반드시 끝나야 반드시 시작되는 것들이 있다. 하물며 이제는 종소리가 아닌 발소리가 울린다. 점점 작아지는 소리를 들으면 머릿속에서 나를 혼자 두고 물러나는 세상이 그려진다. 오오. 저는 아무런 글자만 보아도 눈물이 치솟습니다. 울음은 나지 않아요. 다소 젖어있을 뿐입니다. 언제나 신은 내 안에 있어요. 신은 나를 혼자 두고 물러날 수 없지요. 나는 신을 죽이기 위해 자살을 결심한 적이 있습니다. 아. 누가 나를 감정의 자막대기에 박제한 것인가요. 죽고 싶다는 말은 이제 와닿지가 않아요. 죽도록 버티다가 죽어버렸다는 소식을 믿습니다. 이것으로 다시 참회를 시작하겠습니다. 미안합니다. 미안합니다. 생은 기적이었으나 삶은 그렇질 못해 미안합니다. 텅텅 빈 복도에서 종이 세 번 울렸다.

참회

나는 유행처럼 떠돌다가

더 높은 곳을 향하다가

아주 낮은 곳에서 잠듭니다

나는 유행을 저주라고 부르고

어머니는 유행을 그리워하고

그는 유행을 전염병이라 하였습니다

그들이 알까요

떠도는 삶이 곧 맴도는 삶이라는 것을

두고 온 것들이 까맣게

날개에 박혀서

자꾸만 낮은 곳을 유영하는 나의 꿈을

부서질 지붕에 닿아

거울은 빠르게 늙어가고

거울 속 입술은 부지런히 옷을 벗는다

베갯머리에서 비 냄새가 난다

비가 오는 창가에선 옆집의 저녁 냄새가 난다

밤마다 밤의 자유를 위해 시를 썼지만

언젠가부터는 시를 이겨낼 수 없어서 아팠다

심지어는 자유에게 목이 졸리는 것 같았다

오늘이 마지막인 것처럼 살아야 하지만

나는 내일도 죽지 않을 것을 알았다

해피하지만 엔딩은 바라지 마세요

새드였지만 역시 엔딩은 멀었습니다

이토록 삶은 삶을 영화는 영화를 덧붙인다

망할 놈의 무기력이 나의 단칸방을 사 갔다

하루하루 무기력에 얹혀사는 감정은 텅 비어있고

다시 무언가를 가지려면

무언가를 포기해야 한다

그런데 나는 갖고 싶은 것이 없고

포기하고 싶은 것이 많다

보고 싶은 것이 많아서 잊고 싶은 게 많다

들숨과 날숨이 차갑게 얽힐 때,

언니, 난 곧 있으면 숨이 멎을 거야

그런데 죽지는 않아

잊지 마

그러니까 나는

죽지는 않을 거야

혼자 사는 일

그래, 가을의 낙엽도 말이다
언젠가 설레는 단풍이었겠지

연분홍 작은 꽃잎처럼
내려앉지 못 해 미안합니다
나는 아버지의 생가슴에
패대기쳐지는 낙엽이었다

혼자 소리 없이
내뱉는 하소연에 걸린
진홍빛 애수였다

잘게 나누어 뱉는 탄식에 체해
꺽꺽대고 울어버린 아버지시여

나 언젠가 당신 고단한 삶의 낙이었지?
집으로 돌아가고 싶은 눈빛이었겠지?

지갑 속 낙엽

오늘은

내가 태어난 별자리를 꺼뜨리고

어둠과 어둠이 만나서

폐가에선 뜨거운 쌀밥 냄새가 나

아직 눈을 감지도 않았는데

내 허리에 다정한 무릎이 감아져

어둠과 어둠이 만나서

내가 태어난 일은

하나의 스캔들에 지나지 않는다

면죄부

쾅쾅쾅

천둥처럼 아찔한 두근거림으로

나는, 밖에서 내게로

내게서 밖으로 통하는 문 앞에 휘고 있다

아아 어른이란 이런 것인가

이젠 어른에게 안길 수 없단 말인가

몰아치는 비문에 덜컹이는 문을 잠으로 잠근다

불면은 닮은 죽음이다

내가 잠들어야 저 문이 닫힌다

밖에서는 꾸준히

내게서 무언가 내놓으라 소리친다

더는 줄 것이 없는데

잠들지 못한 닮은 죽음은 쓸데없는 비문을 남긴다

더는 줄 것이 없는데

나밖에 남지 않았는데...

불면증

달빛 흘러드는 벽 한편에서

비 냄새를 맡았다

문을 열었지만 비는 아니 오고

엄마는 울고 있다

끌어안으려 다가서면

엄마는 가고 없다

'다음은 너란다.'

부재의 언사를 듣고서야 비는 내린다

나는 울고 있다

우리는 외롭지, 너는 절망을 시간으로 가렸고
나는 시계로도 가려지지 않는 흉터를 가졌으니

너는 아무리 슬퍼도 울음이 말라서 울지 못하고
나는 자주 이유도 없이 울음이 터져서 슬펐으니

네 봄은 자꾸만 겨울을 쫓아가고
내 봄은 돌아갈 곳이란 게 없었으니

우리는 외롭지, 너는 문득 두려워질 것이고
나는 때마다 너의 두려움을 갖고 싶어질 것이니

새벽마다 파랑해, 아니 사랑해, 우리는 왜 울지?

거울 앞의 모운

달갑지 않은 생각이 든다
당신이 나를 사랑하긴 하지만
그렇다고 내 삶까지 사랑할 수가 있을까

절벽에서 입맞추기

모두가 완전하게 죽는 방법을 알지만
완전하게 사는 방법은 모르고 있었다
그래도 살아간다 우리는
죽는 방법을 알지만 죽지 않았다
자기 자신을 조금씩 해칠 뿐이다

불완전한 삶

빗물에 떠밀려갔다가 입김에 떠밀려오는 죄악감도

겨울이면 눈보라처럼 둥글게 휩쓸다가 녹을 거예요

당신은 하얗게 웃어줘요 늘 겨울에만 살게요

문턱을 서성대며 신발장을 기웃거리며

밤이면 날개를 가진 꿈을 꿨어요 두 날개에서

인간의 냄새가 나고 인간의 온도가 느껴지는

기나긴 회로의 꿈을 꾸는 밤엔 작은 시를 남겨둘게요

하고 싶은 말은 많지만 할 수 있는 말이 없었어요

잃어버릴 말들을 아로새겨 나는 나에게 기도했어요

살아있는 겨울의 체취와 체온을

바람을 흠집 내고 돌아와 입술에 잠드는 이름을

감히 용서할 수 없다면 스스로 벌하소서

나는 나에게 기도했어요 차디찬 골방에

나는 나를 오래도록 내버려 뒀어요

자각몽

한 사람뿐이 허락하지 않는 비좁은 골목길에
다리를 벌려 구겨진 채로 나자빠진 사람과
그 사람을 바닥으로 욱여넣는 사람이 있다

이곳의 가로등은 왜 깨져 있을까
이 골목의 창문들은 왜 금이 가 있을까
바닥과 한 몸이 된 사람의 질문과

처음부터 비루하게 생겨나는 건 없지
너나 나처럼, 너나 나 같은 재앙을 만나면
저렇게 되는 거야 이렇게 되는 거라고
바닥을 증오하는 사람의 응답을 덮으며

어두운 곳에 느리게 낙하하는 흰 눈은
용서를 닮아있다
어느 한숨보다도 느리게 낙오되는 하얀 눈송이는
같은 슬픔을 닮아있다
우는 사람의 목울대 같은 이 골목길을 빠져나가면
나는 죽을 때까지 돌아오지 않을래

나는 눈이 좋아

나는 두둘겨 맞으면서 눈을 맞는 게 좋아
나는 하얗게 늙고 싶어
비록 젊음은 까맣게 타들어가고 있지마는

나는, 나는 나는 나는 나는 아 나는
왜 나여야 할까

한 사람의 골목길

나의 골방에서는 흙냄새가 난다

어설픈 잔상으로 아주 캄캄해진 세월

촛농처럼 나의 뇌리를 왈칵 덮으며 몰락하는 네게

열린 문을 두드리듯 불렀던

네 이름을 사랑했노라고

냇물이 발목을 에워싸듯 잡힌

내 손목을 동경했다고

바람만 불어도 꽃가루에 체했다고

심연 같은 골방에서 너 하나로

여기까지 살아왔다고

괴로웠다고 고통스러웠다고

어쩌다 행복감에 목이 메었다고

안개처럼 숨겨지지 않는 네 상실감에 설레었다고

모든 것을 기껏 어른이 되어가는 거라

믿기로 했던 나를 나무라는 듯

너는 여전히 골방에 손을 모아 비명하고 있다

너의 생은 슬프고

너의 삶은 슬프니

너의 죽음을 슬퍼하지 않는 오직 한 사람

여기 무한한 빛에 잠들다

나의 골방에서는 흙냄새가 난다

젊은이는 내 방 앞에서 한참을 울다 가고

늙은이는 내 방을 무덤이라 부른다

너는 기꺼이 앓다가 몰락하던 빛

나는 무덤 안에서

生死를 잃어버렸다

묘 비명(한빛에게)

하수구 같은 내 인생을 사랑할게 담뱃재로 가득한 맥주캔 같은 내 마음도 사랑할게 더럽게 추운 젊음을 조각난 넝마 하나로 버텨볼게 네가 만든 쓰레기도 내가 주워서 예쁘게 장식할게

도윤아, 나는 망가질 거야, 나는 다 가질 거야 너도 있잖아, 나를 욕하고 싶으면 먼저 사랑하도록 해 바닥에 키스하고 싶어 네 복숭아뼈에 매달리고 싶어 우리들의 오월은 재앙이 만개하는 계절이 될 거야 타성에 젖어 악취 나는 귓가에 말해주고 싶어

도윤아, 사랑할게, 넌 정말 버려질 가치가 있어 화락이 없는 네 이십대를 나는 너무너무 사랑해

열심히 살기로 합시다

마치 내가 벗어둔 교복을 입은 것 같은 학생들이 골목을 빠져나간다. 우리는 해맑음이 빠져나간 골목 그늘에 앉아 일전에 들었던 먼 나라 얘기를 주고받았다. 왠지 우리네 삶과 닮은 얘기지만 처음 듣는 듯이 흥분됐다. 너는 빨간색 민소매와 진청바지를 좋아하지만 흰 티셔츠와 남색 바지를 입는다. 나는 원피스를 좋아하지만 청바지를 입었다. 나비는 날지 않고 담벼락에 앉아있다.

지나간 과거는 터널을 지나는 기차와도 같다. 나는 늘 어쩔 도리 없이 기찻길 한복판에 묶여있었다. 그러므로 오늘날 움직이는 몸짓과 말뜻마다 기찻길에서의 사고 흔적이 드러난다. 잘 살기 위해서는 쓸모 있는 과거가 필요하다. 그리고 지금 이 순간도 과거가 될 것이다. 잇따라 건너편에서 먼 나라 얘기가 흘러온다.

"그 애는 하루 종일 달빛만 생각해. 아침이 온들 무슨 소용이 있겠어?"

처음 듣는 단어의 조합이지만 어쩐지 양심에서 뜨거운 피가 흘렀다.

모두들 나비가 애벌레였다는 사실을 잊은 것 같다.

쓸모 있는 과거

귀갓길에 너는 어떤 표정이니?

문을 열고 집에 막 들어갈 때 말이야

제일 먼저 식구를 보는 그 눈빛은 어떤 거야?

지겨운 천국으로 돌아온 얼굴?

평화로운 지옥에 돌아온 얼굴?

그래서 엄만 너한테 천국이야, 지옥이야?

다녀와. 하고 우는 날이 있었다

너의 밤이라는 것은 오전 아홉시에도 드리웠다가

오후 아홉시에도 여전한 것이었지 아름답지 않게

너는 매일 밤 다정으로 저주하는 방법을 알았고 무심하게 애틋하게 겨울 아침 여전한 촛불처럼, 네가 하는 네 생각을 나는 알고 있다.

말하자면 투명함이 거쳐 간 혀끝을, 얼얼한 귓가를, 심장께로 닿아서 두근거릴 때마다 하염없이 짓밟히던 기도를, 누가 억지로 살려놓은 듯한 숨소리를, 나는 들었다

내가 뭘 어쩌면 좋겠니. 가끔 내 방에 놀러 와

그런데 우리가 만나 무언가 달라질 거라 생각하진 마 병든 짐승의 송곳니처럼 날카롭게 반짝이는 저 빛마저 네가 있는 세상을 등지고 선 듯한 이 밤에 너는 멀리도 저문다 살다 보면 나쁜 달도 떠오른다고 말해주는 어른은 없었지

너는 그럴 때마다 어디로 가니

네가 잘 망가지는 게 보여

아주 잘 동강나고 있어 여기서 보면 꼭

유리창에 송골송골 매달린 방울꽃 같다

언젠가 흐르고 말 거야 너는 그때 가서 울겠지

아무것도 후회 않는 행복한 얼굴로 울 거야

나는 너에게 보낼 시구를 찾다가 문득,

텅 빈 하늘이라 믿다가도 먹빛의 달과 마주쳐,
이토록 새카만 밤마다 너는
　무엇으로 너를 흘려두고 있을까
　너는 너에게 조금도 미련할 순 없었나

　　사랑이라는 말을 달리하려다
　　나는 여기까지 흘렀다

오늘은 다 괜찮았고요
아무도 없는 곳이 있다면
그곳이 잊어진 공사장이든 강물 밑바닥이든
나조차도 없는 곳에 함빡 숨어
들킬 때까지 울고 싶었습니다

오늘도 설익은 세상 틈에서
나는 이토록 무르익어버렸습니다
슬슬 뺨에 악취가 새는 것 같은 내게
과연 아무래도 청춘이라 하시겠습니까?

자, 당신의 오늘은 어떤가요
잊어주는 사람이었나요
잊어지는 사람이었나요

오늘의 안부

나만 버텨도 되는데 너도 버틴다
너는 그윽이
너조차도 모르겠는 생각을 한다

나는 너에게
무슨 생각을 하느냐 묻고는
목소리가 다정했길 바란다

나만 슬퍼도 되는데 너도 슬프다
너도 나만큼
나도 너만큼
우린 딱 이만큼 슬퍼서 버틴다

회색빛깔 연어처럼

너는 불길을 온몸에 휘감은 까만 밤 불꽃처럼
나에게 왔다 그러나 나는 늘 젖어 있었으므로,
우리는 잘 어울렸지만
단 한순간도 어울리지 못했다

하루마다 꿈을 꾸었다고, 나쁜 꿈을 꾸었다고
찝찝한 아침 인사를 하는 너를
오래 사랑할 사람이 있을까

나는 나를 경멸하듯이 너를 경멸했다
모든 게 망했다고 말하면서
마음 깊숙한 곳에서 잘 되기를 바라는 것처럼

지인으로부터

4부

우린 까만 코스모스의 그림자처럼
눈을 감지 않고 여름을 보냈다

괜찮다

다 괜찮다

아침이 오면

그림자에게 말해줄 것

긴 밤

햇살은 나를 찾기 위해 곳곳을 밝혔고 그늘은 나를 숨기기 위해 발끝마다 드리웠다 그 어질고 황폐했던 정오에 나는 나를 숨겨줄 만한 발끝을 넘나들었다 가장 낮은 채도에 앉아 적은 시는 좀처럼 알아들을 수 없었지만 언제나 이 마음을 꺾고 있다 한 풀 꺾인 마음은 의자와 같아서 누군가는 자신의 마음에 기대어 운다 급기야 나는 내가 사무쳤다 불완전한 새벽 끝 무렵, 고단한 발길질에서 우러나온 햇살, 고작 발끝에서 태어난 햇살이 이곳을 비춘다 소란은 적막을 이기고 다행은 불행을 이기며 오래도록 당신은 당신을 꺾고 죽도록 나는 나를 적었으니 좀처럼 알아들을 수 없는 것들이 허름한 이곳을 낙원으로 만든다 발잔등을 물들이며 밀려드는 황혼을 보라 누가 있노라면, 그 사람을 사랑하느라 나 자신을 사랑할 겨를이 없었다 말하자면 사랑은 고통이라지만 나는 내가 밟히고 싶던 유일한 끝이었다 위극이 없다면 평화가 무슨 소용이 있겠는가 나는 더 높이 날았어야 했다 나는 내가 숨어들 발끝이어야 했다

날개를 구부려 날개로 걸었다

보고 싶은 게 많습니다 당신이 당신을 볼 때
당신이 오랫동안 마주친 적 없는 당신의 눈 말이에요
얼룩덜룩 새벽 같은 얼굴을 감당할 수 없는 당신을

슬프지 않은 독거를 참은 적 있어요?
당신을 용서하지 않아도 될 자정이 온다면 말이지요
무난하고 무난한 비극을, 비극이 아니라고 말할 수
있어요?

몸을 움직이는데 마음이 따라오지 않는다면
더 이상 사랑이 귀찮지 않을 수가 있겠어요?

당신의 꿈이 당신을 위한 꿈이 아니라는 것을
알게 되었을 때, 나에게 할 말이 있나요?

사방에서 섣부른 오해와 해석이 뒤좇아 올 때,
내가 당신에게 해도 될 말이 있을까요?

버려질 것을 사랑해요, 버려진 것을 사과해요,
억장이 무너져도 여지없이 견고한 삶을
아무래도 그칠 수 없다는 걸 깨달아요,

가만히 어느새 시가 되어 보세요, 밤도 아닌 밤에
우리 같이 시들어요, 몰래몰래 우는 방식으로
나의 詩, 일찍이 어둠을 알았을 뿐
당신은 어둠이 아니죠?

발신자 불명의 인터뷰

눈을 뜨면 그때부터 봄이라는 말

봄아, 나를 보렴
나도 너처럼 뾰족하지만
나도 너처럼 아름답잖니

꽃이 진다고 인사도 못한 채 보내야 했던
일월의 봄아, 늙어가는 나를 보렴
매일 안녕하며 안녕을 기다리는
나도 너처럼 욕망이 있단다
눈을 뜨면 그때부터 봄이란다

눈을 감으면 아무런 계절도 없을 때

세상은 하늘의 거울
하늘이 흐리면 세상도 흐리네
사방이 거칠고 쓸쓸하여
서있는 곳이 하늘일지도 모른다는 생각이 들자
나는 언제부턴가 물구나무가 되어버렸네

한 손으로 서는 방법을 배우다
나자빠진 나의 상심이여

소나무는 해가 오는 쪽으로 고개를 숙이네
물구나무는 그늘진 쪽으로 고개를 숨기네

굽이굽이 휘어진 나의 등허리는
날마다 그대 품에 안겨 쉬고 싶었네

구름은 허공이요
허공에 매달려 엉엉 울면
세상의 한 곳은 젖기 마련이겠지

상심은 청춘이요
나자빠진 청춘도 청춘이요

나자빠진 그대들이 젖기를 바라네

물구나무의 풀잎

어디선가 나를 부르기 전에 먼저 불러놓자

구태여 나는 나를 밤이라고 부르겠어

모서리와 모서리 사이 우리 집을

혼자일 때의 검붉은 눈시울을

어스름한 이 시간에 부르겠어

나는 밤하늘이 되고

나는 밤바다가 될 거야

주저하지 않고 나의 어둠을 비출 거야

안녕 내 존재,

울지 말라고 하진 않을게

죽으려고 하지 마

안녕 우리 존재

까맣게 그어진 밤을 쓸면
연필심처럼 묻어나던 날들

자그마한 세계에서 우리는
배우면 배울수록 무능력해져

답장을 망설이느라
까맣게 그어버렸지

잘 지내? 어느 날 아침에는
새카맣게 잊은 채로 다시 태어나 볼게

까만 밤에 적힌 까만 글씨처럼
실수로 찍힌 지문 같은 구름처럼
너처럼
나도 잘 지내볼게

누군가 이 밤을 망설이느라

어느 날
추억을 낚시하는 등불이 내게 말을 건다

어떤 날이 떠오를지는 모르겠지만
아마 그 추억을 건져 올린 건 내가 아니라
그 사람의 다 늙은 간절함일 겁니다

그 어느 날
나는 왜 우는지 모르고
두 눈이 엉겨 붙을 만큼 울어야 했다

등불과 당신

누우러 가는 이 길목 끝에

온 집을 통째로 깔고 앉은 네가 있었으면 좋겠다고

생각한 저녁이

한 두 번이 아니야

내가 네 발치에 앉아 꾸벅꾸벅 졸 때면

'괜찮지 않아서, 내가 너무 괜찮지가 않아서.'라는

뜻이고

네 큰 손이 잠든 내 머리를 꼭꼭 숨겨

곡소리가 함박눈처럼 내리는 건

'괜찮아, 괜찮아.'라는 뜻이지

꾸벅꾸벅, 꼭꼭

어떤 오전은

찌는 듯한 열기에 질린 꽃들이 발악하고

나는 흩날리는 꽃가루에 몸부림치듯

자꾸만 재채기가 튀어나온다

뜬금없는 눈물방울 같은

엄마는 갑자기 왜 한숨을 쉬고

할머니는 왜 아이가 되었지?

아빠는 그때 왜 술상을 엎었고

나는 왜 자꾸 방 문을 잠그지?

사소한 오전의 몸부림을 책망하다

마침내 정오를 지나 늦은 오전에 가서

나는 찌들던 꽃을 그려보고 연민을 적어본다

꽃은 꽃이고

사람은 사람인데

낭만을 잃고 눈먼 밤에 피어난 가련한 꽃은

사람이다

그럼에도 불구하고 우리는 살아 있었고
엄마는 제일 먼저 연꽃이 되었다
할머니를 닮은 엄마를 닮은 나는
아름답고 아름다운 사람이어야 한다

마치 울먹이기를 꽃망울처럼

연화각

너 그럴 거 없어

바로 내 뒤에 겨울이 있는데

나 가고 나면 아마 예쁜 눈이 펑펑 나릴 거야

그러니 너 그럴 거 없어

계절 하나 간다고 외로울 거 없단다

담장 위에 낙엽이 말했다

나보다 나를 더 잘 아는 이는 없을 테지만,

그래도,

어찌 되었건,

나는 안녕할는지요

얼음 한 조각이 열 조각이 되는 입 속

네가 있고
내가 있다

너는 없을 수 없고
나는 언제나 있을 것이다

행복은 밀고 들어앉은 우울 덕에
먼발치서 너를 위해 열렬히 준비 중이다
모든 게 오직 네 것이다
너는 우울을 살찌우겠는가
행복을 굶기려는가

너는 어디엔가 있고
나는 너를 위해 있을 것이다

우리는 존재하고
존재해야 하므로

너의 것

어릴 때는 달을 보며 밤에 뜬 해라고 말했다
그러면 별은 뭘까? 아빠는 내게 물어봐 주셨다
별을 모르는 나는 어물쩍 넘어갔었지

아빠, 별은 해의 눈물방울이야
아빠는 영원한 나의 해님
당신이 숨어 울 때, 나는 밤하늘 보며 알아채
아이처럼 울어야 한단 말이에요

별의 의미를 알고 나서 나는
여태 대답 못하고
별을 새며 울었다

고향 밤하늘은 별천지였다

죽음은 더할 나위 없는 낭만이지 않을까

나는 매일 조금씩 아껴서 죽어가고 있다

낭만으로

젊음은 하루가 다르게 낯설어지는

나 자신을 탓하고

늙음은 그간 짊어진 포기한 것들을

하나둘 내려놓고

인생은 뻔히 알면서도 다시 한 번

내 손을 내가 잡는 것

그럼에도

다시 한 번

내 손을

내가 잡는 것

지금은 인생의 한복판

어떤 빛은 녹아서 언덕 너머로 사라지고
그 자리를 기억해, 때로 먹구름이 있었지만
울적하다는 구름은 없었지
나도 열심히 살아서 구름이 될래

뒷동산 까만 곳에 만나서
우리는 어른들 몰래 별나라를 만들었고
괜히 심술궂게 별 몇 가지 미끄러뜨리기도 했어
유성우를 보며 나는 고백했지
저 언덕 너머로 가기 위해서는
사랑이 필요하다고
나를 사랑하는 바람이 꼭 필요하다고
바람을 타고 언덕 너머로 갈 수 있을 거야

어떤 빛은 녹아 사라져도 오랫동안 생각이 나
잃어도 좋은 것이 있었다

나는 잃어도 좋은 구름이 되고 싶다

잃어도 좋은 것

단칸방에 무지개가 쏟아졌다
찬란한 그것은 한줄 뿐이었지만
무한한 빛깔을 눈부시도록 지녔으리라

자세히 보니,
단칸방에 무지개가 솟아났다

무제

나는 물가를 더럽히며

장렬히 전몰하는 도도한 벌레

벌레가 무서워? 내가 더럽니? 걱정 마

나도 너희가 수상해

빛을 좇는 이유는 저 빛만이

내가 있어야 할 곳이기 때문이지

나 같은 것들이 정보도 없이

망설임도 없이 맹렬한 이유가 뭐겠니

그냥 하는 거야 그냥 사는 거지

곱씹지 말고 그냥 달려드는 거야

아무런 사유가 없는 게 우리의 어여쁜 사연이야

끝과 끝을 상상하지 않기로 했다

생각해 봐, 내가 무너져 내릴 때
너는 내 흩날리는 조각 하나 그러쥐고 가버렸잖아

너는 지금도
날선 조각이 내 전부인 마냥
헛된 나를 기억하고 있겠지

내가 별이 빛나는 밤이었다면
너는 고작 바람만 잘라 간 거야

별이 빛나는 밤

새가 하늘을 날기 위해 존재한다고 믿는 것만큼

새에게 더 큰 절망이 무엇이 있을까

오직 애틋한 마음으로,

나는 나를 믿지 않기로 했다

내 절망은 비로소 평범해졌다

어느 날 버드나무에서 비가 내리면
그땐 네가 아주 옛날에 만들어놓고는
바퀴에 매달려 아낌없는 세월을 뿌리며
떠나간 너의 멈춰진 세계를 기억하기를
너는 그리하여 너의 기적을 이어주기를
네가 나를 부르면 나는 완성이었어
우연을 가장한 기적이었지

          너의 나무를 만나고 온 바람

엄마 나도 엄마가 되겠지

하지만 나는 엄마가 되고 싶어

나의 엄마가 되고 싶어요

당신이 내 꿈인 것 같아요

사계절과 어머니의 아카시아

어떤 날에는 유독 난해하고
어떤 날에는 유독 공허하다

그러나 삶은 무지개와도 같아서
붉은빛이 돋보일 때도
푸른빛이 돋보일 때도 있는 것이다

그리고 기분은 생각하기 나름
그렇게 생각하기로 했다

주황빛의 날

달빛은 누구에게나 공정해요
가끔 달빛에 일기를 쓰겠어요
죽어가면서 떠오르는 사람이 있다면
살아가면서 정말 사랑하려고 했어요
다시는 후회 없이 최선을 다해서 사랑해야지,
했거든요 그런데 누가 떠오르는지 아세요?
그건 나였어요 그 아득한 곳에
나밖에 지나가는 사람이 없더라고요
다들 그래요 여기가 아닌 다른 곳을 꿈꾸지요
가끔 달빛에 일기를 쓰겠어요
하소연을 하는 것 같기도
위로를 하는 것 같기도 한
너그러운 저 달빛에
사랑하는 내 마음들을 적겠어요
금이 좀 가면 어때요
구멍이 좀 나면 어때요
좀 무너져봤으면 어떠냐고요
보세요 달빛은 누구에게나 공정해요

달은 새하얀 셔츠를 입고
나는 새하얀 원피스를 입고
우리는 새하얀 밤이 될 거예요

아무래도 내 마음은 어여뻐서

흠집 하나 남지 않았다

애틋한 결이 늘어날 뿐이다

스물다섯

나를 찾아
나에게 기도하고
내가 이뤄주면 그만이다

나부터 용서해주자
뜻하지 아니한 것임을 알 수 있다

정중한 사랑을 나에게도 건네 보자
받는 것과 주는 것을 알 수 있다

모든 시작과 끝, 그 사이까지
나로부터 된다

나는 그로 인해 아팠으므로
아프지 않을 수 있다

나는 없을 수 없이
이미 있다

우울함에 지칠 때마다 다짐할 글

생각해, 우린 우리를 버리지 않았어
우린 우리를 버텨야 했잖아
세상이 자꾸 나를 누르니까
여기도 바닥이 아니라고,
더 낮은 바닥으로 누르니까
같잖은 위로를 찾아가며 우린
우리를 살려내야 했잖아
그러니까 계속해서 생각해, 우리의 불행은
우리를 이긴 적이 없다고

다시 한 번 같잖은 위로를

운동장에서 여기저기 발에 채이다가
결국에는 담 너머로 내던져지는
단지 공 일지라도
그것이 없었다면 땀방울이나 후련함이나
말하자면 수두룩한 자랑이 없었겠지요

여기저기 채이다가
결국에는 구석까지 내몰려도
내가 있기에 뭐라도 이뤄졌다고 생각할게요

나는 축구공
세상은 운동장
모두가 나를 보네요
모래바람도 나를 따라 몰아치는군요

내가 있기에

나는 모르는 당신을 응원한다
그믐달 달덩이가 당신을 알았으며
당신이 소원을 빌지 않는다 하여
간절함이 헛되지 않는다는 것을 그들은 알고 있다

당신을 갉아먹는
쓸데없는 근심이나 걱정이나 망상들은
언젠가 뜬금없이 생겨난 용기로
물리칠 수 있을 것이며
그것은 누구나가 마찬가지라

그러나 정작 나는 쓸데없는 것에 마음이 가고
뜬금없이 생겨난 용기에 원망을 샀다
당신과 나는 그저 우연히 이곳에 태어나
수많은 우연들을 마주치고 보내야 했으니
자연스럽다 하여
사무치는 것이 물 흐르듯 가지 않더라
그것들이 가고 남은 자는
그 물 먹은 자리를 버텨야 했다

그래서일지 모른다

당신이 나를 닮았을지도 모르고
내가 당신을 따라할지도 모르니
실수로 하늘이 데려가주었으면 하는 날이면
당신을 기꺼이 응원하는 이유

나는 당신을 응원한다
어찌됐든 우연히 태어나버린 당신과
나는 처음부터 옳았다

나는 당신을 응원한다

잊지 말자 삶은 개화하기 위해서가 아닌 낙화하기
위해 우짖는 것을 살아남기 위해서가 아니라 오로지
나의 낭만스러운 멸망을 위하여 하루마다 아름답게
죽어가기로 하자

삶이 또 머리칼에 파묻혀
사무치게 우짖는 날이 와도
잠시 동안만 같이 울다가
일어나 보란 듯이
당신의 삶에게 가야지

그러니까 당신도 삶을 살아

네가 잃어버린 쉼표와 너에게서 파기된 표정들은 오늘 같은 밤 내 꿈결로 밀려와서 허물어진다. 쉼표는 검푸른 새벽녘이 되고 알 수 없는 표정들은 황금별이 되어. 차근차근 행방불명이 되어가는 네 우울을 익히고 나면 비로소 아침이 온다는 것을 너는 모른다. 또 다시 불가해한 표정을 내버리고 있다.

밤마다 뒤죽박죽 문장이 되어가는 너의 지문은 나의 고백이다. 일생에 한 번 있을 프러포즈 같은 거. 투둑투둑 몰락하는 물방울 같은 거. 그럼에도 내 눈에는 예뻤던 거. 나를 바쳐서라도 지켜주고 싶었던 거. 미몽이 완몽이 되어갈 무렵에 모든 선이 어긋난다. 우리는 그냥, 다시 쉼표를 그어버리자.

어른이 된 나의 꿈에서 빗물은 눈물이 되고 번개는 비명이 되고 어둠은 거대한 행성이 돼. 눈인사처럼 고이 지나치던 날짜 중에 가끔 찾아와. 더불어 나는 소각장이 되고 너는 늦겨울이 될 수 있으니까. 우리는 모락모락 할 거야. 우리는 잘 어울릴 거야. 지독한 감기에 걸린 것처럼 시시콜콜 눈물을 매달고 우리는 끈질기게 붙어있어.

랑으로 끝나는 모든 말들을 버려줘. 그러니까 너랑 나랑, 사랑 벼랑 자랑 유랑 명랑 벽랑. 네가 잃고 버리면 내가 고이 주워다 천국을 꾸릴게. 그래 그런 식으로, 자꾸 울어버려줘.

우울한 밤은 금이 간 초록병처럼 빛나

떨어질 때 비로소 우아한 것들은

밤이면 더욱 근사하다

별똥별과

가로등 불빛과

낙엽과 꽃잎

그리고 당신의 여울진 하루

열한시, 창문을 열어요

나는 언제나 혼자일게
숨어드는 네가 안심할 수 있도록
달랑 혼자 뜬 달처럼, 나도 그렇게

나도 그러한데
너도 그렇구나
우리 같이 그랬었나 봐
그럼 슬금 근사해지니까

그래도 그래도 외로운 사람아
당신은 혼자이기에
이토록 유일한 거야

너 잠들면 나도 잠들게

나의 우주, 나는 당신 턱 밑의 작은 행성에 살아요 여긴 햇볕도 암흑도 충분하지 않아 늘 흐릴 뿐이지만 그 불가해한 분위기가 이 행성의 낭만이에요 나에게도 로망이 생겼어요 내 로망은 당신이 떨치지 못한 오래된 우울이에요 활기라곤 찾을 수 없는 그렇다고 눈에 띄는 절망도 없는 이도 저도 아닌 시시한 울적함이요 이 행성에는 자주 눈송이가 벌레처럼 나의 이마에 꿈틀거리죠 울었어요? 겨울까지 잘못 찾아간 여름의 벌레처럼? 그러니까, 그렇게 슬펐어요? 당신의 턱 밑에서 곧잘 숨통이 조이는 게 느껴질 때면 단정하고 외롭고 착한 이 행성은 조금씩 병들어 가요 조금씩 조금씩 나부터 고장 나기 시작하지만 왜인지 나는 그런 불길함도 괜찮던 걸요 영원하지 않은 당신의 뒤척임이 좋아요 언젠가 까마득히 사라질 당신의 외로움이 좋아요 당신이 함부로 나락에 빠져도 나는 사랑스러운 작은 행성을 떠나지 못할 거예요 무슨 일이 생겨도 호흡을 멈추지 않는 당신이 이 행성에서 가장 낭만적이거든요

당신이 두고 간 세계의 비극을 찢어
연서를 보냅니다

당신의 세계는 어찌하여 이토록 서늘하단 말입니까

당신은 벌써 제 안부를 잊으신 거죠?

당신에게 안부

고스란히 창백한 밤

어제의 너는 왜 서러운 눈밭에 안겨있었니

누군가의 화사한 꿈에 기죽지마,

밤늦도록 잠들지 않는 너는 나의 영겁의 꿈이란다

꼭 이런 밤에 너는

초라한 바닥에 드러누워버렸구나

잘 된 일이야, 굳이 고개를 들지 않아도

쓸쓸한 하늘에 사는 나를 봐줄 수 있잖아

너는 꿈을 모르지만

괜찮아,

꿈은 너를 알고 있어

고독의 밤구석에서

너의 빈손짓에 와락 물들고 있어

밤구석의 우리

172

함부로 위로하고 싶지 않은 날이 있다
끙끙대는 당신을 두고 나온 날이 있다
그 시절과 꼭 닮은 이 밤에
당신처럼 나도
무언가에 부딪혀
깨질 날을 기대하며 굴러가고 있다

어느 한곳에 파멸을 품으면
아프지만 위로가 되었다

당신에겐 나의 파멸을 나눠주고 싶다

내 파멸의 뜻은,
'절대로 사라지지 말 것.'

애당초 깨져야 할 것은 우리가 아니라는 것이다

귀로

나는 점점 강해져서

아프지 말란 위로의 글에 아프지 않을 수 있는 방법을 적을 것이다 우는 것이 나약한 것이라 생각하는 이들을 비웃듯이 서럽게 울어버리곤 툭툭 털고 잘 일어날 것이다 씩씩하게 일어나서 쓰러진 이를 부축하는 말의 힘을 가질 것이다

나는 반드시 강해져서

잘 울고 잘 일어서고 잘 쌓아 그것을 잘 베풀며 너와 함께 잘 살아갈 것이다

희망이라면

처음 읽어 본 엄마의 뺨이 기억나

엄마는 매일 서서 우느라

입에서 귀로 가는 그 애틋한 길에

골짜기가 생겨버렸지

마음에도 없는 말들이

마음을 헤집는 밤에

오직 안쪽에서 꾹 꾹 눌러쓴 진심을 읽으려

술에 취해 잠든 얼굴을 더듬거렸다

엄마, 창밖에선 폭죽이 터지는데

들었지, 남쪽 바다에도 눈이 왔다잖아

아름다운 것들이 세상에 쏟아져 내려

당신이 누군가의 그 세상이라면

믿겠어? 힘주지 않아도 저절로 살아지는 걸

저절로 아름다움이 찾아오는 것을

귀퉁이에서 잠드는 일

5부

당신에게서
당신에게로

나는 전생에 전생이 지겨워 죽은 사람
사후에 신이 내게 다음 생을 말하였을 때
곧장 고개를 돌렸지만
굴러가는 시선마다 아쉬운 그대가 아른거려
못 이기는 척 이번 생으로 건너온 사람

첫눈에 알아보았네
그대는 내가
전생에서 유일하게 믿었던 인생이구나

반가운 얼굴

아는가, 그대는 노랗던 사막을 파랗게 물들이고
검은 밤을 창백하게 벗겨냈으며
모래벌판을 어찔한 고통으로 꽃피웠다

왜 저 사람은 나를 함부로 슬프게 하고
나를 함부로 기쁘게 하는 건가요

아버지 아버지,
나는 더 이상 사막이고 싶지 않아요
나는 저 사람의 슬픔이자 기쁨이 될래요

허겁지겁 바라본 당신이 무덤덤하다

빗줄기와
빛줄기가
마주쳤다

찰나의 봄이었다

너와 나의 불꽃이었다

너와 나의 불꽃이었다

너는 고요한 것이지

고독한 것이 아니야

사랑한다고 해줄까, 내 사랑

낱말 저고리

아직 봄이지?

길을 걷는 내 팔목에는 겉옷이 걸려 있어

햇살이 물든 노란색 카디건이

왠지 네게로 펄럭이는 것 같다

있잖아,

보고 싶어서

말하려다 말았는데

말았다가 말해

아직까진 봄이지?

봄

마주치고 싶던 사람과

마주보고 싶어졌을 때

글썽이며 물속을 다 채웠을 때

나는 물에 대해 서술하려다

고스란히 물이 되었다

네가 되었다

당신, 그런 밤 있나요

유난히 돋보이는 별을 예뻐하다

그 큰 별이 가만가만 움직이면

큰 별의 등 뒤에 감춰진 여린 꼬마별이 보여요

저 작고 희미한 꼬마별이

온 빛을 다해 비추는 곳을 보니

아, 그런 밤이 당신에게 있었군요

당신을 위한 꼬마별

봄에 사랑하게 된 사람이
여름에도 사랑스러울 때
그 애는 그대라고 적힌다

헌책방의 나무들

울었냐고 물어보면 울었다고 대답하고 싶은 사람
너는 울었다는 내 대답에 어찌할 바를 몰랐다
나는 그 어쩔 줄 모름을 특히나 좋아했다

사탕수수

언젠가 애틋한 사람을 책임지게 되면

늘 해주고 싶은 말이 있었다

밤새 머리맡을 지킬 필요는 없는 세상이지만

무턱대고 햇살이 들이미는 난데없는 아침에

끈적한 그의 눈이 뜨일 때면 자상하게 호화롭게 다독이는 것이다

좀 더 자. 라고

옆에 있을 테니까. 라고

더 이상 애틋함이 없을지언정

눈이 뜨일 때면 누구라도 안심이 될 품을 나누고 싶었다

시간 같은 거 뒤엎고 나랑 살래?

너를 만나러 가는 길
자꾸만 별똥별이 발치에 우수수 떨어져
나는 두려워야 하는데
웃음이 멈추질 않는다

저 기둥에 덜 숨겨진 네 옷깃

안녕, 사랑해.

당신이 나를 사랑하는 만큼 나도 당신을 사랑해. 큰 얼음으로 가득 찬 연한 커피를 마시는 당신을 사랑해. 파란 빛깔을 한 움큼 머금은 듯한 당신의 분위기를 사랑해. 늘 같은 높이에서 나의 이름을 읊는 당신의 다정한 음성을 사랑해. 등산복을 입고 운전을 하는 당신을 사랑해. 끝나지 않을 것 같던 도로마다 내 손을 잡는 당신의 손을 사랑해. 그럼에도 끝나버린 터널의 한계에서 당신을 사랑해. 깊은 새벽 초승달이 쓰다듬고 간 당신의 울퉁불퉁한 손톱을 사랑해. 나의 일상에 당신의 일상을 묻히는 당신의 미로 같은 지문을 사랑해. 떨어져서도 나의 행복을 궁금해 하는 당신의 사랑을 사랑해. 당신을 침묵을, 당신의 속삭임을, 당신의 부드럽고 꺼끌꺼끌한 목소리를,

당신만이 가진 당신의 콤플렉스를 사랑해.

운명은 어느 곳 하나 닮은 데 없는 당신과 내가 만나서 검은 밤에 파란 세계를 물들인 것. 수줍은 별들의 박수갈채를 들으며 슬픔을 모르는 달빛으로 두 머리 위를 장식한 것. 우리가 이룬 우리의 귀한

세계는 시간이 갈수록 무엇 하나 어려울 것 없는 우주가 될 거야. 우주는 무한함의 상징이고 내가 당신을, 우리를 사랑하는 마음도 우주와 같이 무한하다. 비록 나는 한없이 부족하고 나약한 사람이지만 내 사랑은 나보다 더 강하고 깊어. 당신이 무사하다면, 지구가 다섯 번 멸망해도 쉽게 사라지지 않을 사랑을 보낼게. 그러니까, 하나밖에 없는 사람아, 나의 연인, 언젠가 당신 우주에서 작고 소중한 별 하나가 부서져버려도 절망하지 마. 언제든 어디에서든 내가 당신의 소멸된 조각의 조각마저 사랑해 마지않을 테니.

달이 참 밝은 밤마다 우리를 기도해. 나의 기도를 내가 듣고 내가 이뤄주는 것이 내가 할 수 있는 기적이었고. 곧 있으면 해가 뜰 거야. 자기야, 곧 있으면 밤을 물들이며 파란 아침이 펼쳐질 거야. 당신은 나로 인해 웃게 될 거야.
나와 함께 불가사의한 기적을 만끽하게 될 거야.
눈물이 새어나온 날에도 행복을 인정할 수밖에 없을 거야.
우리의 사랑은 충분히
그만큼의 힘을 가졌어.

춤추는 샹들리에

푸른 새벽에게 기적은 떠오르는 햇살이었고

푸른 대낮에게 기적은 가라앉는 햇살이었지

번쩍하고 빛나는 것이 아니라

서서히

그렇게 물드는 것이었지

기적

계절의 끝에서

마지막 한마디 기회가 주어진다면

나의 헝클어진 호흡을

그의 이름을 부르는데 쓰고 싶다

나의 햇살 나의 바람 나의 봄비

나는 당신이
밤마다 꿈에 나와주지 않은 것을
얼마나 다행이라 여기는지 모른다
내 꿈은 얼마든지 망가져도 좋다
꿈 밖에 당신이 살고 있으니

아무리 행복해도 꿈은 가짜인 것
진짜는 당신 하나만으로 충분하다

아무리 행복해도 꿈은 가짜인 것

그와 결혼하고 싶을 정도로
온 세월을 미리 걸어 사랑했다
"나랑 평생 친구 할래?"
내게 그 말은 결혼하자는 말이었는데
너는 싫다고 한다
나는 서운해야 하는데 샐쭉 좋았다

평생 친구

나의 애인은 늘 이 같은 눈빛이다
병든 내 가슴을 쓸어내리며
병들어서도 소중한 사람아
병들어서도 축복인 사람아
병들어서도 사랑할 사람아
하는 듯한 눈망울로
나를 보지 않고도 나를 비춘다

살아있는 모든 것들이
풀잎처럼 흔들린다

우리는 병들어서도
맑고 아름다울 수 있으므로

당신의 눈은 나를 건강하게 해요

될까, 하는 네 목소리가 들려오면
아마도 나는 못 다 꾼 꿈을 꾸었다

무어라도 되겠지? 네가 마지막을 두려워할 때
아마도 나는 못 다 꾼 꿈을 완성해 갈 것이지
네 불안 속에 끝을 약속하마

네가 가는 곳이 우울이던 참혹이던
반드시 끝을 약속하겠다고, 너는 그때 다시
어딘가로 걸어가면 돼 돌아와도 돼

될 수 있을까?
너는 벌써 중요한 이름이 되었는데

약속해, 네가 너를 믿어준다면 반드시 될 거야

내가 스무 살 때는

당신을 사랑하게 될 줄 꿈에도 몰랐지

당신이라는 사람이 세상에 존재하는 줄도 몰랐고

결함투성이라고 생각했던 내가

충분하다고 여기는 날이 올 줄 누가 알았겠어

그러니까 당신을 보고 있으면

한 치 앞도 모르는 인생들이 꼭 아름다워져

모르는 인생이라

사람과 사람 사이에 동떨어진
네 깊은 눈망울은 낭송했으리라

나는 알싸한 파란 새벽처럼 경청했으며
밤하늘은 건조한 회색 달을 내비쳤지

너는 언제부터 네가 싫어졌을까
나는 처음부터 네가 좋아졌단다

너는 아주 가끔 우울하고
언제나 우월한 사람
그렇지 않아?

밤하늘이 네 눈만큼만 끈적했어도
사랑하는 사람들은 사랑만 했을 거야
엄마도 아빠도 로망이 생겼을 거야
너는 외로운 시간이 마음에 들었을 거야

네 눈망울이 좋아
눈을 감아도 어쩔 수 없는 소음 같아

생선을 닮은 너의 눈

여기저기 금이 간 내 몸이 당신을 담았네
실로 꿰맨 당신의 마음이 나를 닮았네

보시오, 빗금으로 방울방울 새어 나오는 빛이
당신과 내가 섞여 이뤄진 빛이
어쩌면 이리도 꿈만 같은지

당신은 죄 많은 한 생애를 옳게 만들었네
내가 당신의 편치 못한 생애를 감히 품었네

다만 꿈이 아니네
꿈만 같을 뿐이네

베란다의 블랙커피와 나의 당신

그대가 별이 되려 한다면
빛나지 않아도 좋다고 말하리

그대가 바다가 되려 한다면
푸르지 않아도 좋다고 말하리

그대가 햇살이 되려 한다면
구름에 숨어도 좋다고 말하리

그대가 그대로 살아만 준다면
아무렴 좋다고 말하리

그대

보름달이 근사한 입맞춤으로 밤을 적셔갈 때
네 감은 눈은 밤하늘에서 가장 끈적한 흔적이야

외로울 때마다 네가 떠오르는 게 좋아
네가 외로울 때마다 나를 찾는 게 좋아
사랑에 목메는 남자는 별로지만
내 목에서 숨을 고르는 네가 좋아

말하자면 우리에게
추억과 그리움은 지나가는 것이며
죽음과 외로움은 다가오는 것이지

아, 그것도 아니야, 우리 사이는 문장으론 부족해
우리가 아니라면 알아채지 못 할 깊이가 있잖아
다만 우리도 그걸 뒤늦게 알아챘을 뿐이지
사랑한다고 하지 말자, 그걸론 부족해

죽음이란 게 있다는 건 다행이지
하지만 너는 영원히 내 달 속에 살아 있어
세상에서 가장 끈적한 흔적을 남기며
다가오고 있어

다가오는 것

나의 사람아

마음껏 멀어져보렴

이 별을 떠나 머나먼 별에 잠들어 보렴

어디서도 닿을 내 사랑을 함빡 머금어 보렴

모두 너의 것이니

너는 꼭 가져다 이별을 떠나렴

이 별

당신은 하늘이고
난 그 하늘에 사는 천사가 될게

우리는 나이가 들수록
맑고 푸르른 나무가 될 거고
증발된 사랑들은 돌아와 열매가 될 거야

세상 밖에 날리는 낙엽들을 보며,
나는 당신을 사랑해
당신의 사랑을 사랑해

나의 보금자리에게, 당신의 보금자리가

덜떨어진 별빛이 촛농에 녹아드는 밤

반짝반짝 기우는 불빛 속에서

혼자 있을 때에도 저물지 않는 방식으로

그렇게 사랑할게

덜떨어진 빛의 순환

너랑 있을 때, 나는 세 살이 된 것 같다가 느닷없이 여든이 된 것 같다가 이제야 스물넷이 된 것 같아 우리는 꼭 하늘의 별을 새기 위해 만난 걸지도 몰라 사랑하는 너의 별자리가 나의 십자가인 걸 아니? 덩그러니 달만 휘영청한 밤에는 꼭 달빛에 소원을 빌기 위해 만난 걸지도 모르지 서로가 서로의 소원이 되기 위해 하지만 빛이 없어도 좋아 자우룩한 안개가 어둠을 다 가려놓아도 좋아 우리는 아무 이유도 없이 만난 걸 거야 아무런 이유도 없이 사랑해 내 모든 여유와 자유와 낭만을 당신에게 자랑하고 싶어 당신의 자랑이 되어 보려고 해 새끼손가락으로 맺어진 매듭이 풀리는 날이 와도 당신은 언제나 내가 가장 아끼는 밤이자 낭만일 거야 우리는 펼쳐진 파랑에 음영을 끼었고 빛을 꽂았지 푸르른 밤이면 파도에게 미안할 정도로 그 색감과 잘 어울리는 당신이 좋아 당신을 좋아하는 내가 좋아 매일매일 좋을 순 없지만 늘 사랑하고 있어 사랑은, 애정과 설렘과 질투와 원망 같은 것을 한데 묶은 꽃다발 같은 거지 너에게 내 모든 늙어가는 감정을 줄게

생각할수록

지금보다 몸이 작았을 때를 상상해봐요

칠월의 여름, 여름의 정오에요

해야 할 일 따위 없어요

작은 당신의 동네는 숲이고

작은 당신의 방은 나무에요

노란 티셔츠에는 세모난 풀잎이 붙었고

하얀 반바지에 얼룩진 흙이 참 귀여워요

당신은 무화과 잼으로 시를 쓰다가

그 종이를 한입 베어 물다가

발라당 누워 잠이 들었어요

입 안 가득 사람의 눈빛 같은 서정시가 녹아들고

담 너머 바람이 살랑이는 두 다리를 이끌어요

당신이 그때 무슨 꿈을 꾸는지

상상이 돼요? 당신은 꼭

그런 데서 온 사람 같아요

낭만의 시각화

하늘은 바닷빛
바다는 하늘빛
네 눈에서도 내가 빛나

사랑하는 이유가 뭐가 더 있겠니
단지, 네가 너라서
내가 나여서지

네가 아닌 다른 빛은 모두
칠흑만도 못하니까

서로가 되어

네가 울음보를 덮은 밤

너를 담은 화려한 도시가

초라한 오두막이 돼버려

네가 울음을 부르는 날에

너를 담은 누군가는

맘 편히 초라할 수도 없이

주인이 비워둔 오두막집이 되어버린다

장마철에 빈집이야

네가 울면 꼭 그런 마음이다

빈집의 시집

모르소서, 당신

당신도 모르는 새 향기롭고

허투루 어여쁘시며

어쩌다 뜨거워지십시오

당신의 이야기를 써내리는 손은

당신의 것이 아니라

당신을 사랑하는 나의 것이니

당신이 모르는 당신의 풍경

때때로 나는 내 자리를 찾느라
하루 온종일을 허우적거렸다

나를 품은 어떤 몸은 무덤처럼 동그랗게 말려있다
그런 밤 그런 품은 살면서 정말 중요한 것 같다
직책을 잃고 부모를 떠나와 주소지가 사라진
불분명한 존재감도 꼭 맞는 자리가 있다는 사실

한없이 바스러져도 영영 파멸되지 않는 나만의 별
내 마음의 고향이자 내 몸의 무덤
사랑은 사랑의 보금자리라는

11:11pm 사랑은 사람의 보금자리라는

아침이 오거든요

더 이상의 별은 바라지 않겠습니다

아쉬운 별들은 내일 밤에야 손 흔들래요

내일 보자. 그러면 살뜰히 살고 싶어지니까요

내일 보아요